Jakob Nover

Ursprung und älteste Gestalt der Nibelungen-Sage

Jakob Nover

Ursprung und älteste Gestalt der Nibelungen-Sage

ISBN/EAN: 9783742816269

Hergestellt in Europa, USA, Kanada, Australien, Japan

Cover: Foto ©Andreas Hilbeck / pixelio.de

Manufactured and distributed by brebook publishing software
(www.brebook.com)

Jakob Nover

Ursprung und älteste Gestalt der Nibelungen-Sage

Ursprung und älteste Gestalt

der

Nibelungen-Sage

von

Dr. J. Nover.

Mainz,
Verlag von J. Diemer.
1880.

Vorrede.

Die Idee zur Veröffentlichung vorliegenden Schriftchens kam dem Verfasser während der Bearbeitung eines größeren Werkes, „Ueber die nordisch-germanischen Sagenstoffe", welches er gemeinsam mit dem nicht nur auf diesem Felde („Unsere Vorzeit"), sondern auch auf dem Boden des klassischen Alterthums („Hellas" und „Rom") rühmlichst bekannten Autor, Dr. Wilh. Wägner, in dem Verlage von Otto Spamer herauszugeben im Begriffe ist. Bei dem durch die großartigen musikalischen Schöpfungen Richard Wagner's wieder wachgewordenen Interesse für die Mythen unseres Volkes, sowie bei dem durch die letzten ruhmvollen Kriegsereignisse gesteigerten Nationalgefühl, durfte der Verfasser hoffen, mit einem Beitrag zum eingehenderen Studium und tieferen Verständniß in Betreff unserer Literaturschätze der gebildeten deutschen Leserwelt eine nicht unwillkommene Gabe mit einer neuen Behandlung der wichtigsten aller germanischen Sagen zu bringen. Er ging dabei von der Voraussetzung aus, daß zwar der Inhalt des mittelalterlichen Nibelungenliedes jedem Gebildeten hinlänglich bekannt sein dürfte, daß aber grade die älteren Ueberlieferungen und die Bearbeitungen in den nordischen Sagenkreisen immer noch sehr Vielen ferner liegen. Nun ist aber das Studium der Originale nicht Jedermanns Sache, ja auch durch die besten

1*

Ueberſetzungen bei der oft dunkeln, ſtarren und ſpröden Form
und der Weitläufigkeit des Inhalts ſich durchzuleſen, nicht Jedem
intereſſant genug, ſo daß eine mehr poetiſche Wiedergabe in an=
muthigem Gewande wohl eine dankenswerthe Aufgabe ſein dürfte.
In dieſem Sinne hat der Verfaſſer einen ſchwachen Verſuch.
gewagt und zugleich zur Orientirung über den „Urſprung und
die älteſte Geſtalt der Nibelungenſage" in populär=wiſſenſchaft=
licher Weiſe das Nöthige zugefügt. Möchte dieſe kleine Gabe
dazu beitragen, den Werth dieſes koſtbarſten, leider lange nicht
genug gewürdigten Kleinods unſerer älteſten Literatur immer
mehr zu erkennen und zu ſchätzen! —

Mainz, im November 1880.

Dr. J. Rover.

Den Inhalt des mittelhochdeutschen Nibelungenliedes aus dem Anfang des 13. Jahrhunderts darf ich wohl als allgemein bekannt voraussetzen. Weniger vertraut dürften aber vielleicht meine Leser mit der ältesten Gestalt unserer Sage sein, wie sie sich in einigen Liedern der skandinavischen Edda und in der aus dem 12. Jahrhundert stammenden Wölsungensage, so genannt nach Wölsung, dem erlauchten Ahnherrn des Haupt= helden Sigurd, vorfindet. Von Sigurd handelt ferner auch die etwa in die Mitte des 13. Jahrhunderts fallende Thidref= saga, die ihren Namen von ihrem Haupthelden Thidref oder Dietrich v. Bern trägt, oder auch Wilkinasaga genannt, nach dem sagenhaften Stammhalter des schwedischen Königs= geschlechtes der Wilcinen.

Mit dem Inhalt dieser Mythen will ich mir denn erlauben, meine geneigten Leser, soweit es der Raum gestattet, bekannt zu machen.

Sich in den Ursprung dieser größten aller germanischen Sagen mehr zu vertiefen, erscheint heutzutage um so gebotener, als R. Wagner's großartige musikalische Schöpfungen den uns früher entlegenen Stoff näher gerückt haben.

Aus der ziemlich weitläufigen und oft sehr verwickelten Vorgeschichte von Sigurd's Ahnen will ich nur das Wichtigste erwähnen.

Von Wölsung, dem Ahnherrn des Heldengeschlechts der Wölsungen, wird erzählt, er habe in der Mitte seines Saales einen mit köstlichen Früchten prangenden Eichbaum gehabt. Einst rüstete er dem Werber seiner Tochter Signy, dem König Siggeir von Gautland, ein festliches Mahl. Da nahte plötzlich, als alle Gäste um das lodernde Herdfeuer saßen, ein ihnen Allen unbekannter, ältlicher, einäugiger Mann, mit breitem, das Gesicht beschattenden Hute und eingehüllt in einen dunklen Mantel. Er stieß ein großes Schwert, das er in der Hand hielt, bis an's Heft in den Stamm der Eiche. Staunend starrten ihn alle Versammelten an. Er aber sprach: „Wer dieses Schwert aus dem Baume wieder herauszieht, der soll es als eine Gabe von mir erhalten und erkennen, daß es das Beste von allen sei!" Mit diesen Worten verschwand der Alte, der kein Anderer war, als der Göttervater Odin selbst. Nun versuchten Alle der Reihe nach, das Schwert herauszuziehen, aber Keinem wollte es gelingen. Endlich nahte auch Siegmund, Wölfung's Sohn, und siehe da! das Schwert glitt ihm fast in die Hand. Umsonst suchte sein Schwager Siggeir es ihm abzuhandeln und zog rachebrütend ab. Später lud er Wölfung zu sich ein und bereitete ihm und den Seinen heimtückisch den Untergang. Nur Siegmund entkam durch die Hilfe seiner Schwester Signy auf wunderbare Weise und übte Rache an König Siggeir. Später vermählte er sich mit Borghilde, welche die Mutter Helgi's ward, eines Stiefbruders von Sigurd. Von einer anderen Wiederspiegelung unseres Helden, nämlich Sinfiötli, will ich meine Leser, der Wildheit des Stoffes wegen, nicht weiter unterhalten. Vater und Sohn gehen hier, in Wölfe verwandelt, zusammen auf Raub aus, eine Sage, die unseren Wehrwolfs-(aber)glauben veranlaßt hat. —

König Siegmund lebte in Streit mit Hunding, dem mächtigen Herrscher von Hunaland, welcher viele wehrhafte Söhne besaß. In diesem Kampfe bewies Helgi seinen Muth und seine Schlauheit und tödtete schließlich Hunding, woher er den Namen Hundingsbana, d. h. Hundingstödter, führt. In den Wolken aber erschien ihm die Walkyre Sigrun und beschützte ihn im Kampfe auch gegen Hunding's Söhne. Helgi erschlug sie alle bis auf Einen, gegen den später Siegmund fiel, nachdem Odin's Gunst von ihm gewichen war.

Kampfesmüde saß Helgi auf dem blutgedüngten Schlachtfelde, — da zuckte es wie Wetterleuchten in den Wolken, und

durch die Luft ritt eine glänzende Schaar von Walkyren, mit
Sigrun an der Spitze, die ihren Günstling um Hilfe anrief
gegen den ihr widerstrebenden Freier, einen Sohn König Gran=
mar's. Helgi war bereit, für die theure Jungfrau Alles zu
wagen; denn ihr Besitz war sein Siegespreis. Aber ein Sohn
Granmar's war entronnen, und dieser ermordete hinterlistig den
nichts ahnenden Helgi. Sigrun's Schmerz war ohne Grenzen;
unversiegbar rannen ihre Thränen. Wie gewöhnlich, hatte auch
hier die Verbindung zweier ungleichartiger Wesen zu einem ver=
hängnißvollen Ende geführt. Tag und Nacht benetzte sie des
Gatten Grabhügel mit dem reichlichen Naß ihrer Augen. Endlich,
als die Natur ihre Rechte forderte und sie umsonst gegen den
Schlummer ankämpfte, bestellte sie eine Dienerin zur Wächterin
des Grabes. Es war Mitternacht, — gespensterhaft stahl sich
das bleiche Mondlicht durch die düsteren Föhren und trauernden
Cypressen, — da vernahm man plötzlich ein seltsames Geräusch,
wie ein reisiges Geschwader:

„und außen, horch, ging's trap, trap, trap!
Als wie von Rosses Hufen;
Und klirrend stieg ein Reiter ab
An des Geländers Stufen,
Und horch! und horch! den Pfortenring
Ganz lose, leise klinglingling!" — — —

Schaudernd gewahrt dies die Dienerin und meldet es
eiligst ihrer Herrin. Sigrun sprang wie wahnsinnig hinaus
und lag mit einem gellenden Freudenschrei an der Brust ihres
geliebten Helgi. Doch blaß und farblos starrte sein Gesicht;
kalter Reif troff in seinen Haaren, Blut klebte an seinem eis=
kalten Herzen und feucht fühlten sich seine Hände an. Nicht
müde konnte sie werden, die leblosen Lippen zu küssen und seinen
starren Leib zu erwärmen.

„Ach, Helgi, Du? .. So spät bei Nacht?
Geweinet hab' ich und gewacht;
Ach, großes Leid erlitten! —
Wo kommst Du hergeritten?" . . . . .

Mit grabeshohler Stimme verſetzte Helgi: „Deine Zähren allein tragen die Schuld, daß ich ſelbſt im Tode keine Ruhe finde. Höre darum auf zu weinen, damit ich der himmliſchen Wonnen in Walhalla theilhaft werde!" — „„So will ich denn aufhören zu weinen"", — ſprach Sigrun bewegt, „„bis ich bereinſt mit Dir vereinigt bin in Freya's Saal"". — Darauf weinte ſie ſich noch einmal aus an des Gatten lebloſem Buſen.

„Leb' wohl denn, leb' wohl, ich muß von hinnen", rief Helgi, „ſchon ſchimmert das Morgenroth und ich höre den Hahn Walhalla's!" —

„Rapp! Rapp! mich dünkt, der Hahn ſchon ruft . . .
Bald wird der Sand verrinnen,
Rapp! Rapp! ich witt're Morgenluft,
Rapp! tummle dich von hinnen!"

Bald nahte denn auch für Sigrun die Stunde der Er=löſung, bald ruhte ſie an des Geliebten Seite unter einem Grab=hügel; ihre unſterblichen Seelen aber wandelten wiedergeboren zuſammen in Folkwang, in Freya's Saal.

In dieſer rührenden Sage begegnen wir dem Glauben unſerer Vorfahren, daß man nicht durch maßloſe Thränen die Ruhe der Todten ſtören ſolle. Wir finden dieſe Idee auch in dem bekannten Märchen vom „Thränenkrüglein", wo ein ver=ſtorbenes Kind ſeine Mutter bittet, nicht unaufhörlich zu weinen, da es alle ihre Thränen in einen Krug ſammle und ihm derſelbe zu ſchwer werde.

Wie ferner ſchon aus den Citaten hervorleuchtet, hat unſer Mythus die bekannte Leonorenſage ausgebildet, die in Bürger einen meiſterhaften Interpreten gefunden hat. Doch hat ſie der moderne Dichter verchriſtlicht. Er ſchildert uns ergreifend die Strafe einer in ihrer Verzweiflung auf Gottes Vorſehung hadernden Seele. So ruft er uns zuletzt die ernſte Mahnung zu: „Geduld, Geduld! wenn's Herz auch bricht, — mit Gott im Himmel hab're nicht!" —

Es gibt noch ein anderes Helgilied, worin die rührende Aufopferung eines treuen Weibes geſchildert wird, das mit den

Worten: „Nur einmal liebt ein treues Weib!" ihrem Gatten in den Tod folgt. Indessen muß ich verzichten, näher darauf einzugehen, um nicht zu weitläufig zu werden. Wir finden auch hier jene ätherische, ächtgermanische Liebe, die dem klassischen Alterthum ferner stand.

Doch kommen wir zu der Hauptperson unserer Sage, zu Sigurd, dem Sohne Siegmunds und seiner zweiten Gattin Hiördis. Sigurd oder Siegfried bedeutet „den durch Sieg Frieden Spendenden". Ueber seine Geburt und erste Schicksale weiß die Thidrek= oder Wilkinasage sehr Wunderbares zu erzählen, das lebhaft an die Legende von der heiligen Genovefa erinnert. Gerade wie hier, wird nämlich dort Sigurd's Mutter in Abwesenheit ihres Gatten arg verleumdet und auf seinen Befehl von zwei Schergen in den Wald geführt, um ermordet zu werden. Durch einen seltsamen Zufall wird das neugeborene Knäblein, das die unglückliche Mutter in einem Glasgefäß geborgen hatte, in den Strom und von da in's Meer getrieben. Endlich landet das Gefäß an einer fernen Küste, wo es zerschellt. Durch das Schreien des wimmernden Knäbleins angelockt, kommt eine Hirschkuh herbei, die sich seiner erbarmt. Als der Knabe laufen konnte, kam er zu dem Schmiedemeister Mimir oder Regin, wie ihn die andern Sagen nennen. Dieser soll in Diensten des Königs Hialprek von Dänemark gestanden haben, mit dessen Sohn sich Hiördis nach ihres Gatten Siegmund Tod auf's Neue hatte vermählen müssen.

Nach der Volkssage war Siegfried seinen Eltern entlaufen, wie Uhland singt:

„Jung Siegfried war ein stolzer Knab',
Ging von des Vaters Burg herab,
Wollt' rasten nicht in Vaters Haus,
Wollt' wandern in alle Welt hinaus".

Bei unserem Schmiedemeister zeichnete sich unser junger Held durch ungewöhnliche Körperkraft aus:

„Siegfried den Hammer wohl schwingen kunnt',
Er schlug den Ambos in den Grund.

Er schlug, daß weit der Wald erklang,
Und alles Eisen in Stücke sprang".

Oft fing er Bären und junge Löwen und hing sie wie
junge Hunde an die Bäume. Auch seinen Kameraden spielte er
manchmal hart mit. Deshalb suchte sich der Meister seiner auf
eine gute Manier zu entledigen, zugleich aber seine herkulische
Stärke zu seinen Gunsten auszunützen. In dieser Absicht redete
er ihn einst folgendermaßen an: „Ja, Kraft besitzt Du jetzt
genug, aber doch läufst Du herum, wie ein armer Dorfjunge.
Ich könnte Dir wohl einen Weg zeigen, Dir Reichthum zu er-
werben, wenn Du Muth genug besäßest". — „„Und wer sagt
Dir, daß ich keinen besitze?"" schrie Siegfried mit zornfunkeln-
den Augen und schlug mit einem kräftigen Hammerschlag den
Ambos in den Grund, daß die Scherben klirrend an die Decke
sprangen. „Schon gut", versetzte halb erschrocken, halb befriedigt der
Meister. „Nun so höre, ich muß Dir eine Geschichte erzählen:"

„Mein Vater Hreidmar war ein reicher Mann; er hatte
drei Söhne: Fafnir, Ottur und mich. Wir lebten lange in
Eintracht. Mein Bruder Ottur verwandelte sich oft in einen
Otter und fing uns Fische aus dem Strom, darin auch der
Zwerg Andvari in Hechtsgestalt auf Fischfang ausging.

Einst kamen die drei Asen, — so nennt man im Nordischen
die Hauptgötter — Odin, der Göttervater, Loki, der Dämon
des Bösen, und Hönir zu dem Wasserfall. Da erblickten sie
einen Otter, der einen Lachs verzehrte. Sofort tödtete ihn Loki
durch einen Steinwurf. Darauf kehrte er mit seinem Begleiter,
sich seiner That rühmend, bei meinem Vater ein. Dieser aber
erkannte in dem gemordeten Otter seinen Sohn. Wüthend verlangte er von den Gästen Buße. Sie wurden gebunden und
mußten geloben, den Otterbalg inwendig mit Gold zu füllen
und von außen damit zu bedecken, — (eine Art von Sühne, die
bei unsern Vorfahren schon früh üblich war). Nun ward Loki
entsandt, das Gold zu beschaffen. Er fing in einem Netz den
Zwerg Andvari und zwang ihn zur Herausgabe seiner unterirdischen Schätze. Dabei entriß ihm Loki noch einen verhäng-

nißvollen, Schätze mehrenden Ring, an welchen der erboste
Zwerg den Fluch knüpfte, daß er seinem Besitzer gewaltsamen
Tod bringen würde. Damit kehrte Loki zu den Asen zurück.
— Diesen durch Richard Wagner so berühmt gewordenen
„Ring des Nibelungen" — die unterirdischen Geister führen
nämlich den Namen Nibelungen, d. h. „Nebelmänner", —
diesen s. g. Andvaranaut mußten die Asen noch zu dem
Sühngeld legen, da noch ein Härchen des Otterbalges sichtbar
war. Und bald sollte sich der ihm anhaftende Fluch erfüllen.
Denn wir geriethen bei der Theilung der Schätze mit unsrem
Vater in Streit, und Fafnir erstach ihn. Darauf verwandelte
er sich selbst in einen scheußlichen Lintwurm (Lint bedeutet
Schlange und hat mit der Linde nichts zu thun). Dann fuhr
er mit dem ganzen Schatz zur Gnitahaide, wo er den Hort
hütet bis auf den heutigen Tag. So kam ich um mein väter-
liches Erbe. Du aber, Sigurd, bist stark genug, mir dazu
zu verhelfen und den Drachen zu erschlagen". —
 „Wohl", sprach Sigurd, „doch schmiede mir zuerst ein
gutes Schwert, so gut, wie's keins mehr gibt!"
 Meister Regin ging an die Arbeit, doch Sigurd hieb
sein Schwert mit dem ersten Streich an dem Ambos in Scherben.
Nicht besser erging es dem zweiten. Da ließ sich Sigurd von
seiner Mutter die Stücke jenes berühmten Odinsschwertes aus-
händigen, das einst sein Vater Siegmund aus dem Eichenstamm
herausgezogen hatte. Es war demselben nämlich in der Schlacht
an Odin's Speer zersprungen, als dieser seinen Feind Lyngwy
begünstigte, den letzten der Hundingssöhne. Aus den Scherben
dieses Wunderschwertes hieß nun Sigurd seinen Meister ein
neues schmieden. Ungern willfahrte Regin. Als er das neue
Schwert aus der Esse zog, da blitzte es wie Wetterleuchten.
Begierig nahm es Sigurd in die Hand und führte damit einen
so gewaltigen Streich auf den Ambos, daß er ihn spaltete bis
zum Grunde. Freudig lief er damit zum Strome Rhein, ließ
eine Wollflocke gegen die Schärfe desselben antreiben und siehe
da! sie ward haarscharf und glatt durchschnitten.

Darauf übte er mit Odin's Hülfe Vaterrache an Lyngwy. Siegreich kehrte er heim zur Gnitahaide, welche nach dem Reisebericht des isländischen Bischofs Nikolaus (aus dem 12. Jahrhundert) zwischen Paderborn und Mainz gelegen haben soll.

Hier hieß ihn Regin eine Grube graben auf dem Wege, den der Drache zu nehmen pflegte, wenn er zur Quelle fuhr. Von dort sollte er dem Ungeheuer das Schwert von unten her in das Herz stoßen. Der falsche Rathgeber aber, — denn dies bedeutet das Wort Regin eigentlich — hoffte, daß unser Held im Blute des Drachen ersticken würde. Da aber erschien ihm wieder der einäugige Alte und rieth ihm, Abzugskanäle anzulegen. Kaum war Sigurd damit fertig, als sich ein furchtbares Schnauben vernehmen ließ, begleitet von einem gewaltigen Erdbeben. Plötzlich verfinsterte sich der Himmel über dem Reißig, womit Sigurd die Grube bedeckt hatte. Ein Schauer von Geifer und Gift übergoß unsern Helden. Doch dieser stieß dem Ungeheuer unerschrocken rasch sein Schwert in die Weichen, so daß es wüthend mit dem Schweife Bäume und Sträucher niederpeitschte und schließlich unter schrecklichen Unglücks-Prophezeihnungen verendete. — Daß sich nun Sigurd in dem Drachenblute gebadet habe, wodurch seine Haut hörnern geworden sei, davon weiß die alte nordische Sage nichts; wohl aber erzählt es die Thidreksage.

Nun nahte auch der feige Regin und verlangte von Sigurd, daß er ihm das Drachenherz braten solle. Der Jüngling that, wie ihm geheißen; als er aber mit dem Finger fühlen wollte, ob das Drachenherz weich genug sei, verbrannte er sich. Unwillkürlich fuhr er mit dem Finger in den Mund. Auf einmal ward es licht in seinem Geiste, — er verstand die Sprache der Vögel. Erstaunt lauschte er den Stimmen zweier Adlerinnen, die ihm vom Baume allerlei Wunderbares zuriefen. Die eine rieth ihm, das Drachenherz selbst zu verspeisen, weil es seine Stärke erhöhen würde, — den Verrath sinnenden Regin aber zu erschlagen. Die andere sang ihm von einer wunderbaren Schildmaid, Namens Brynhilde, die von Waberlohe, d. i. einem Feuerwall umschlossen, dereinst von Odin's Schlafdorn getroffen, nunmehr verzaubert in ihrer Burg schlafe und ihres Erlösers harre. Sigurd befolgte die Warnung, indem er zunächst den falschen Regin erschlug. Darauf belud er sein Roß Grani, zu dessen Besitz ihm auch Odin verholfen hatte, mit dem Gold=hort und eilte von der versengten Gnitahaide südwärts in's Frankenland. Bald erblickte er den Himmel wie von einer Feuersbrunst geröthet, aus der unversehrt eine stattliche Burg hervorragte. Muthig setzte er mit seinem Hengst durch die Waberlohe. Da gewahrte er im Vorhofe einen schlafenden Ritter in voller Rüstung. Als er diesem jedoch den Helm löste, umrahmte eine Fülle von Locken das holdeste Jungfrauen=antlitz, das er je geschaut. Die Brünne saß ihr aber so fest, daß er sie mit dem Schwerte zerschneiden mußte. Da erwachte die Maid, indem sie erröthend ihren Retter begrüßte: „Wer bist Du, kühner Held“, fragte sie, „der mich aus dem Zauber=schlafe erweckte, in den mich Odin versenkte, zur Strafe dafür, daß ich gegen seinen Willen meinem Dienstherrn Sieg verlieh?“ — Sigurd gab sich zu erkennen; darauf nannte auch sie ihren Namen Sigurdrifa; früher habe man sie „Hilde unter dem Helm“, d. h. Brynhilde geheißen. Dann lehrte sie ihn Runen der Weisheit, so daß der Held begeistert ausrief: „Kein Mann ist weiser als Du, edle Jungfrau! — Du sollst die Meine werden!“ — Freudig versetzte darauf die Maid: „Auch ich könnte keinen liebern Gemahl erwählen, als Dich!“ — So be=festigten sie unter sich den Bund der Treue mit heiligen Eid=schwüren, und Sigurd steckte seiner Braut den verhängnißvollen Andvaranaut an den Finger. Darauf verließ er sie mit dem Versprechen, bald zu ihr zurückzukehren. — Den Ort, wo Bryn=hildens Schildburg gestanden haben soll, zeigt man ebenfalls in Deutschland. Auf dem Feldberg im Taunus führt noch heute ein Felsstein den Namen lectulus Brunihildæ, d. h. „Brun=hildens Bett“.

Die Sage von der verzauberten Jungfrau, die von einem kühnen Jüngling, der „das Fürchten nicht kennt“, erlöst wird, hat sich noch in vielen Märchen erhalten. Am bekanntesten ist

Dornröschen, das ein Spindelstich verzaubert; aber auch Schneewittchen gehört hierher, bei dem die Stelle des Schlafdorns ein giftiger Kamm vertritt. —

In unserm Nibelungenliede fehlt diese ganze Vorgeschichte Siegfrieds. Man begreift deshalb auch nicht so recht, warum ihn später Brunhilde als einen alten Bekannten begrüßt. Ebensowenig verstehen wir ohne sie so recht den Grund der Verstimmung und Eifersucht im Herzen Brynhildens, als sie Siegfried an der Seite einer Anderen erblickt. Von den sonstigen Jugendabenteuern unseres Helden erfahren wir nur en passant Etwas durch Hagen bei der Ankunft Siegfrieds in Worms. In den nordischen Sagen heißt der König am Rheine, zu welchem Sigurd später kam, nicht Gunther, sondern Giuki, und seine Gemahlin Grimhilde, die im Nibelungenlied die Mutter Ute vertritt. Dieser nordische Giuki hat 3 Söhne: Gunnar, Högni und Guttorm, die den 3 Königsbrüdern im Nibelungenlied: Gunther, Gernot und Giselher nicht völlig entsprechen. Gunnar gleicht wohl auf Gunther, Högni ist zwar dem Namen und theilweise auch der Gesinnung nach Hagen. Dieser tritt jedoch als Dienstmann und nicht als Bruder Gunthers auf. Guttorm hat mit Giselher gar keine Aehnlichkeit. Endlich heißt die minnigliche Krimhilde des Nibelungenliedes in den nordischen Mythen Gudrun; wie schon erwähnt, heißt dort ihre Mutter Grimhilde. Auch sonst kommen noch mancherlei Abweichungen vor. So bewirkt die Mutter Grimhilde, welche in den nordischen Mythen hauptsächlich als Unheilstifterin erscheint, vermittelst eines sogenannten Vergessenheitstrankes, den sie ihrem hohen Gaste Sigurd kredenzt, daß in seinem Herzen das Bildniß seiner Braut Brynhilde verblaßt und eine neue Liebe zu ihrer eigenen Tochter Gudrun aufkeimt. Dadurch wird des Helden Treulosigkeit auch einigermaßen entschuldigt. Mit ihren Brüdern Gunnar und Högni beschwört Sigurd den Blutsbrüderbund, d. i. eine Waffenbrüderschaft auf Leben und Tod, die man nach ächtgermanischer Sitte damit besiegelte, daß man sein Blut aus geritzten Wunden in dieselbe Fußspur zusammen rinnen ließ. Auch half er ihnen in manch' heißer Schlacht den Sieg erfechten. Ja, das Ver= hängniß fügte es sogar, daß er Gunnar den Besitz Brynhildens verschaffte, die auf's Neue in ihrer Schildburg, von Waberlohe umschlossen, ihres Erlösers harrte. Sie wußte aber recht wohl, daß dies Niemand außer Sigurd zu sein vermochte. —

Dunkle Erinnerungen, wie Träume aus der Kindheit, zogen an dessen Geist vorüber, doch er folgte einem unabänder= lichen Schicksale. Gunnar's Roß scheute vor der Waberlohe zurück, ja, selbst Sigurd's Hengst Grani wollte ohne seinen Herrn nicht hindurchreiten. Da mußten die beiden Recken ihre Gestalt vertauschen. So fand Sigurd zum zweiten Mal, aber in Gunnar's Gestalt, Brynhilden und verlobte sich abermals mit ihr, diesmal aber für seinen zukünftigen Schwager. Sorgen= bewegt und gramerfüllt erhob sich die Jungfrau, schwankend wie ein Schwan auf Meereswogen und reichte ihm ihre zitternde Hand. Sigurd entzog ihr den unheilvollen Andvaranaut, wofür er ihr einen neuen Goldreif an den Finger steckte. Doch kalt und herzlos mußte der Bund sein, — ohne Kuß und Um= armung. Hatte ja doch Sigurd die Braut eines Andern zu respectiren! Ein blankes Schwert schied beide von einander. Somit war der Trug vollführt. Brynhilde folgte mit Wider= streben; bald war sie an der Seite des wirklichen Gunnar. Eine Doppelhochzeit vereinigte beide Paare. Mit Thränen und unsäglichem Weh im Herzen erblickte die bitter getäuschte Bryn= hilde ihren früheren Bräutigam an der Seite einer Anderen. Damit war der verhängnißvolle Knoten zu namenlosem Elend geschürzt. —

Einst gingen die beiden Königinnen zum Rheine, ihre Haare zu waschen. Brynhilde watete weit hinaus in den Strom. Als Gudrun befremdet sie deshalb zur Rede stellte, sagte sie: „Weil ich das Wasser nicht leiden mag, das aus Deinen Haaren zu mir herniederrinnt; denn ich habe einen edleren Mann, wie Du. Dein Gemahl war der Knecht König Hialprek's!" — Zornig erwiederte Gudrun: „Klüger hättest Du gethan, zu schweigen, als meinen Mann zu lästern. Er erschlug einst den Drachen Fafnir, er war es auch, der zweimal durch die Waberlohe zu Dir ritt und nicht, wie Du meinst, Dein Gemahl Gunnar. Sieh' hier den Ring Audvaranaut, den er Dir vom Finger zog! Zweifelst Du noch?" — Da erbleichte Brynhilde; — wie ein Dolchstoß fuhr ihr die schreckliche Wahrheit durch's Herz; stumm wankte sie wie ein Schatten in's Schloß. Obwohl es Gudrun leid that, das schreckliche Wort war gesprochen.

Im Nibelungenliede entspinnt sich der Zank der Königinnen bekanntlich beim Gang in die Kirche. An die Stelle des doppelten Rittes aber durch die Waberlohe sind die Wettkämpfe getreten, in denen Siegfried zweimal das Mannweib Brynhilde überwältigt. Doch kehren wir zur nordischen Sage zurück. Brynhilde lag einige Tage regungslos zu Bette. Sie wollte mit Niemanden reden. Gunnar, der sie zu trösten versuchte, ward schmählich heimgeschickt. Auch Sigurd ward mit den bittersten Vorwürfen überhäuft. Da regte sich in seinem Herzen die alte Liebe, zugleich erkannte er, wie Brynhilde eine seines Heldengeistes würdigere Gemahlin gewesen sei. Schmerzlich bewegt rief er aus: „Wie sehr wünschte ich, Du wärest mein Weib! Lieber will ich Gudrun verlassen, als Dich so leiden sehen! Ich liebe Dich mehr, als mich selbst. Ach, ich unterlag einem dunklen Verhängniß und härmte mich stets darob! — — — Mit thränenerstickter Stimme versetzte Brynhilde: „Gedenkst Du noch unserer Eidschwüre auf der Schildburg? Nun ist das Alles dahin! Ich schwur, nur den zum Mann zu nehmen, der durch die Waberlohe ritt. Das warst Du und kein Anderer! Aber eher will ich sterben, als Gunnar betrügen!" „„Nein, Du sollst nicht sterben"", rief Sigurd leidenschaftlich aus, „„Du mußt die Meine werden"". „Nicht die Deine!" erwiederte Brynhilde, „aber auch keines Andern. Geh', verlaß' mich, es kann ja nicht sein!" — Sigurd ging; eine tiefe Erschütterung durchbebte seine Heldenbrust, so daß vor der inneren gewaltigen Aufregung seine Brünnenringe barsten. —

Brynhilde wandelte Nachts wie eine unheilvolle Schicksals=
göttin umher, indem sie murmelte: „Kann ich ihn nicht besitzen,
den ich allein liebe, so soll er mir wenigstens im Tode ge=
gehören. Er muß sterben!" — Darauf stachelte sie ihren Gemahl
Gunnar an, hielt ihm seine Schande und ihre gekränkte Ehre
vor und drohte, ihn zu verlassen, falls er sie nicht räche.
Gunnar zog seinen Bruder Högni zu Rathe, doch dieser warnte
ihn vor der schlechten That, ihrem Blutsbruder Sigurd die
Treue zu brechen. „So muß Guttorm den Mord begehen",
versetzte Gunnar, „er stand außerhalb des beschworenen Bundes".
Und sie überredeten ihn durch lockende Versprechungen und ver=
härteten seinen Sinn, indem sie ihm Wolfsfleisch zu essen gaben.
Ruhig lag eines Morgens der jugendliche Held im halben
Schlummer, — da öffnete sich leise die Thüre, — mordbegierig
schlich sich Guttorm herein. Plötzlich schlug Sigurd seine
strahlenden Augen auf, vor ihrem Glanze bebte der feige Meu=
chelmörder zurück. Dies wiederholte sich noch einmal. Zum
dritten Male aber fand er ihn fest eingeschlafen. Heimtückisch
stieß er ihm das Schwert in die Brust. Der todeswunde Held
erwachte und schleuderte dem fliehenden Feigling mit seiner
letzten Kraft sein Schwert nach, so daß er ihn in der Mitte
spaltete. Da erwachte Gudrun erschreckt und fand ihren Gemahl
in seinem Blute schwimmend. Noch einmal richtete sich Sigurd
auf, umarmte sein Weib zum letzten Male, nannte Brynhilde
die Anstifterin des Mordes und hauchte seine edle Seele aus.
Mit einem gellenden Schrei sank Gudrun ohnmächtig zu Boden.

Nach einer anderen Ueberlieferung ward Sigurd erschlagen,
als er mit Giuki's Söhnen zum Thing, d. i. zur Versammlung,
ritt. In späteren Sagen, wie auch im Nibelungenlied, ward
Siegfried bekanntlich auf der Jagd von Hagen ermordet, als er
sich durstig über einen Brunnen beugte. Dieser Brunnen lag
in dem s. g. Spechthart, worunter man aber nicht den
Spessart zu verstehen hat, sondern einen Walddistrikt des Oden=
waldes, zwischen Fürth und Waldmichelbach. In dieser
Gegend wird denn auch der Siegfriedsbrunnen gezeigt.

Umsonst hatte Gudrun ihren Gemahl, durch bange Träume geschreckt, zurückhalten wollen. In namenloser Angst erwartete sie Abends seine Rückkehr. Da nahte sein edles Roß Grani mit traurig gesenktem Haupt ohne seinen Herrn. — „Grani!" rief Gudrun zum Tode erschrocken, „wo ist Sigurd, mein Gemahl?" — Das treue Thier hatte keine Antwort, — stumm senkte es sein Haupt in's feuchte Gras. Jetzt erschien auch Högni bleich und verstört, von Gewissensbissen gepeinigt. Das Schreckliche ahnend, vertrat ihm Gudrun den Weg. „Wo habt Ihr meinen Mann?" schrie sie ihn an, „sprich, was habt ihr mit ihm gemacht?" — Högni versuchte auszuweichen, doch nur zu bald erfuhr das arme Weib die niederschmetternde Nachricht. Wie vernichtet sank sie zu Boden. Da brachte man auch den Leichnam und legte ihn in Gudrun's Gemach. Sprachlos starrte sie auf die Decken, die ihn umhüllten. Brynhilde aber lachte unheimlich, daß es schaurig widerhallte in dem Hause der Trauer. Gunnar machte ihr darob Vorwürfe, doch sie suchte ihm die Vortheile der Frevelthat vorzustellen. Umsonst bemühte sich dieser durch Wein und Scherz die mahnende Stimme des Gewissens zu betäuben. Ueberall tauchte das blutige Haupt Sigurd's empor und starrte ihn mit glanzlosen Augen an.

Inzwischen verbrachte Gudrun trostlose Stunden an der Leiche ihres Gemahls. Zu unermeßlich war ihr Schmerz; keine Thräne erleichterte ihr gepreßtes Herz. Vergebens suchten ihre Edelfrauen sie durch Erzählungen ihrer eigenen Leiden zu trösten. Endlich enthüllte die Eine Sigurd's blasses Antlitz, hielt es an Gudrun's Wange mit den Worten: „Schau' hier Deinen Geliebten, küsse ihn noch einmal!" Da blickte Gudrun auf, sah das theure Haupt des Gatten, vom Blute triefend, seine ehedem leuchtenden Augen erloschen, die sonst warmschlagende Brust kalt und leblos. Wie eine geknickte Lilie sank sie zurück auf's Polster, ihre Haare lösten sich auf, die Wange ward roth und ein Thränenstrom rann hernieder in ihren Schooß. Auf einmal fingen die Vögel, die sie pflegte, ängstlich zu flattern und laut zu schreien an. Jetzt fand sie auch ihre Sprache wieder; sie erging sich im Lobe ihres Gemahls, in Klagen über ihre Vereinsamung.

Dies weckte eine Art von Eifersucht in Brynhildens Herzen. Sie glaubte Sigurd weit inniger zu lieben und darum seinen Verlust um so herber zu empfinden. Ja, sie machte Gunnar jetzt die bittersten Vorwürfe, obwohl sie doch selbst den Mord veranlaßt hatte; sie rühmte Sigurd's Treue und Reinheit, wie er sie als eines Andern Braut geachtet, darum sei er unschuldig an dem ihm zur Last gelegten Vergehen des Betruges. „Aber mir war er verlobt", fuhr sie fort, „mit mir hatte er zuerst den Bund der Liebe und Treue geschlossen, darum gehörte er mir allein! Da sah ich ihn wieder als Gudrun's Gemahl, im Leben mir entrissen. So soll er mir wenigstens im Tode gehören!" —

Ein heroischer Entschluß reifte in der Seele des ungewöhnlichen Weibes. Die ganze erhabene Walkyrennatur zeigte sich nun in ihrem vollen Glanze. So ziehen sich gleichgeartete Heldennaturen magnetisch an. Was ein grausames Geschick im Leben geschieden, vereinigen die Flammen des Scheiterhaufens. Diese tragische Selbstaufopferung versöhnt uns im Tode mit dem aus Liebe, Eifersucht und gekränkter Ehre in seiner Rache irregeleiteten Weibe, — ein ergreifender Stoff für einen genialen Dichter, wie dies Geibel in seinem Drama „Brynhilde" gezeigt hat. — Vergebens suchte man sie von ihrem schaurigen Gange zur Todtengöttin Hel abzuhalten. Gefaßt nahm sie Abschied von ihrem Gatten, belohnte ihre Dienerinnen und gab ihren letzten Willen in Betreff eines gemeinsamen Grabhügels mit Sigurd kund. Dann bestieg sie in leuchtender Waffenrüstung festen Schrittes den Scheiterhaufen ihres Geliebten, begleitet von ihren treusten Dienern, die ihr im Tode nachfolgten. Mit blankem Schwert und Schild ragte sie hoch erhaben empor wie eine Göttin, bis sie vom eigenen Stahl durchbohrt auf Sigurd's Leiche niedersank. Wie einst Nanna, die treue Gattin des Lichtgottes Balder, war auch sie dem Geliebten in den Tod gefolgt. Gudrun blieb zurück in ihrem Harme als trauernde

2*

Wittwe. Brynhilde dagegen begleitete als verklärte Todtengöttin den Auserkorenen zur Walhalla.

Diese wahrhaft großartige, ächt tragisch angelegte Helden= natur eines fast göttlichen Weibes hat unser Nibelungenlied nicht zu benutzen verstanden. Nach der Ermordung Siegfried's ver= schwindet hier Brunhilde gänzlich vom Schauplatze und hinter= läßt uns nur den Eindruck einer von blinder Eifersucht (deren Ursache man nicht einmal recht begreift) zur Rache getriebenen Seele. Wir sind weit entfernt, die Schönheiten und Vorzüge des Nibelungenliedes im Vergleich zu den nordischen Sagen herabzusetzen. Wir werden vielmehr später einzelne Momente hervorheben, die das Nibelungenlied nach unserer Meinung natürlicher und menschlichen aufgefaßt hat. Indessen entbehrt es mancher erhabenen Züge, die wie in einer Art von Vergeß= lichkeit außer Acht gelassen zu sein scheinen. Dies kommt aber auch wesentlich daher, daß das Nibelungenlied jenen großartigen Hintergrund der germanischen Götterwelt, welche die Scenerie wie ein blutigrothes Nordlicht beleuchtet, ganz entfernte und an seine Stelle ein sehr farbloses Christenthum setzte. Die Haupt= helden zeigen wenigstens trotz des Kirchganges sehr wenig christ= liche Gesinnungen.

Doch kehren wir zu unser Erzählung zurück.

Traurig und öde war für Gudrun manches Jahr ver= flossen, ohne ihren Kummer zu lindern, ohne das Bild des ge= liebten Gatten auszulöschen. Alles erinnerte sie an ihren un= ersetzlichen Verlust: leer blieb der Stuhl, auf dem er sonst gesessen, schaurig hallten die Wände wieder von ihren einsamen Tritten, und sie erschrak vor ihrer eigenen hohlen Stimme. Um dieser einsamen Umgebung zu entfliehen, begab sie sich zu ihrer Freundin Thora nach Danland. Dort stickte sie zu ihrer Unterhaltung und Zerstreuung die Großthaten der Helden in Borten und Teppiche, besonders die des edlen Wölsungen= geschlechts. Inzwischen nahmen Gunnar und Högni den Goldhort Sigurd's in Besitz. Darüber entstand Streit zwischen den Giukungen und Niflungen (wie sie sich jetzt auch nach

Erwerbung der unterirdischen Schätze nannten) einerseits, und Atli, dem Hunnenkönig, andererseits. Dieser, der Bruder Brynhilden's, war nämlich nach dem Erbe Jafnir's lüstern und legte jenen auch den Tod seiner Schwester zur Last. Zur Sühne bot man ihm Gudrun, Sigurd's trauernde Wittwe, als Gattin an. Doch mit Entrüstung wies diese Anfangs die Werbung zurück.

„Wie!" rief sie aus, „ich sollte mich mit dem Bruder der Mörderin vermählen! Nie und nimmermehr!" — Nachdem ihre Mutter Grimhilde all' ihre Ueberredungskünste umsonst verschwendet hatte, indem sie ihr namentlich die Vortheile einer solchen Verbindung für die Zukunft ihres Töchterchens Svanhilt hervorkehrte, griff sie zuletzt wieder zu ihren Zaubermitteln. Sie reichte ihr den bewußten Vergessenheitstrank. Wie trunken oder geistesabwesend folgte das schwer geprüfte Weib dem verhaßten Gatten Atli in seine Hofburg. Mit ihrer Hand glaubte dieser vor Allem Ansprüche auf den Nibelungenhort zu haben. Zu dem Zwecke ließ er die Giukungen zu sich einladen. Umsonst warnte Gudrun ihre Verwandten, indem sie ihnen den verhängnißvollen Andvaranaut mit geheimer Runenschrift zusandte, umsonst warnten die Frauen, durch Träume geschreckt, die kühnen Recken; sie gingen blindlings in die gestellte Falle.

Hiernach will also nicht Gudrun Rache an ihren Verwandten nehmen für Sigurd's Ermordung, sondern sie schützt sie vielmehr vor der Tücke Atli's. Es entspann sich nun in der Hofburg Atli's ein blutiges Gemetzel, in dem alle Nibelungen außer Gunnar und Högni fielen. Diese Beiden werden endlich nach verzweifelter Gegenwehr gebunden und vor den König geführt. „Wo habt ihr den Schatz?" schrie sie der Feigling an. Doch Keiner wollte es verrathen, so lange der Andere lebte. Da ließ Atli einem Koch das Herz ausschneiden, es zu Gunnar bringen und gab es für Högni's Herz aus. Gunnar aber erkannte an dem feigen Zittern desselben, daß es nicht das rechte sei und blieb standhaft im Schweigen. Endlich übermannte man den todesmüden Högni und schnitt ihm das

Herz aus. Er aber erduldete lachend die Qual. Man brachte
es Gunnar auf einer Schüssel. Als dieser es erkannte, rief
er schmerzlich aus: „Nun denn ich allein noch lebe, so wisset,
daß der Rhein den anvertrauten Schatz bewahrt!" Da ließ
ihn Atli in einen Thurm werfen, darinnen allerlei giftige
Schlangen wimmelten. Gudrun sandte ihm zum Troste eine
Harfe, allein die Hände waren ihm fest zusammengeschnürt. So
entlockte er denn mit den Zehen, „mit den Zweigen der Füße",
wie das Lied sagt, dem Instrumente ergreifende Töne, so daß
er das giftige Gewürm einschläferte. Nur eine große scheußliche
Natter blieb wach und grub ihre Stacheln in sein todtwundes
Herz. So verschied der letzte Giukunge. Man sagt aber, daß
die Natter Atli's Mutter gewesen sei. Höhnisch überschaute
der teuflische Hunnenkönig seine feige That. Gudrun bezwang
sich, aber im Innern brütete sie Rache. —

Ganz anders erscheint die Situation im Nibelungenliede, wo Krimhilde, wie schon erwähnt, den Mord Siegfried's
an ihren eigenen Verwandten rächt. Hier aber hatte sich Gudrun
längst mit ihren Brüdern ausgesöhnt, und die Rache für ihren
Gemahl wird durch den Vergessenheitstrank paralysirt. Ihr
liegt vielmehr ein viel heiligeres Gesetz ob, nämlich die Blutrache, die bei unsern Vorfahren alle anderen Pflichten in den
Schatten stellte. Sie hatte jetzt die Ermordung ihrer Brüder
an ihrem Gemahl Atli zu rächen. Ich gestehe trotzdem zu, daß
mir der Schluß in unserem Nibelungenliede besser zusagt. Aus
dem grausigen Rachedurst Krimhilden's leuchtet verklärend ihre
unauslöschliche Liebe und rührende Treue für ihren ersten Gemahl
Siegfried durch. Auch war ihr ja die Vermählung mit Etzel
nur Mittel zum Zwecke gewesen. In diesem, wenngleich un-
weiblichen und sicher unchristlichen Rachegefühl muthet uns
Krimhilde doch menschlicher und natürlicher an, als die nordische
Gudrun mit ihrem Vergessenheitstrank. Ferner erscheint der
Anfangs wenig sympathische Charakter des grimmen Hagen im
Nibelungenlied zum Ideale ächtdeutscher Mannentreue verklärt,
ja zur wahren Heldengröße erhoben. Dann entbehrt die nordische

Sage der durchaus edlen und liebenswürdigen Figur des Mark=
grafen Rüdeger, der in einer ergreifenden Collision der
Pflichten, den Riesenkampf der Seele vor dem Heldenkampf des
Leibes auskämpft. Endlich suchen wir in der nordischen Sage
vergebens nach einem so rührenden Beispiele aufopfernder
Freundschaft, wie das Hagen's und des tapferen Fiedlers
Volker von Alzeye.

Doch eilen wir zum Schluß der Katastrophe.

Sich an Atli für den Verwandtenmord zu rächen, ist jetzt
Gudrun's einziger Gedanke. Wie einst Medea in der Argo=
nautensage ihre eigenen Kinder schlachtet, um ihren untreuen
Gatten Jason am Empfindlichsten zu treffen, so erstickt auch
hier Gudrun das eigene Muttergefühl, indem sie ihre und Atli's
Kinder ermordet. Nach vollbrachter scheußlicher That kehrt sie
mit heiter lächelnder Miene zum Gastmahl zurück, wo die sieges=
trunkenen Hunnen um ihren feigen König ein wüstes Gelage feierten.
— „Wo sind meine Knaben?" lallte halbtrunken der König. —
„„Sich' hier die Trinkschalen, aus denen Du trinkst!"" rief
Gudrun mit unheimlich funkelnden Augen. „„es sind die Schädel
Deiner Kinder; ihre Herzen hast Du schon verspeist, ihr Blut
hast Du schon getrunken"". — Ein wildes Getümmel erhob sich,
und die Schwerter klirrten. Atli aber rief: „Ergreift die
teuflische Hexe, auf daß man sie lebendig verbrenne!" — Starr
blickte Gudrun die wilden Barbaren an; wie einst das Medu=
senhaupt in der griechischen Sage versteinerte ihr Basilisken=
blick die schon erhobenen Hände. Trunken taumelten sie von
ihren Sitzen, und Atli schwankte unter Schmähreden zu seinem
Lager. Doch unruhig war sein Schlummer. Bald glaubte er
den schauerlichen Todesgesang in Gunnar's Schlangenthurm zu
hören, bald stiegen die blassen Gestalten der ermordeten Königs=
brüder vor ihm auf. Da plötzlich war es ihm, als stände die
rächende Schicksalsgöttin mit gezücktem Schwerte vor seinem
Lager. Deutlich vernahm er die Worte: „Erwache, habgieriger
Feigling! Deine Stunde hat geschlagen!" — Zitternd richtete
er sich auf, träumte oder wachte er? — Sein Weib Gudrun

stand vor ihm mit stierem Blick und sprach mit tonloser Stimme:
„Atli, — einst in glücklicher Jugendzeit besaß ich ein weiches
Herz, das Schicksal hat mich in eine grausame Tigerin ver=
wandelt. Was ich Dir von Deinen Kindern sagte, ist fürchter=
liche Wahrheit. — Jetzt kommt die Reihe an Dich! — Ich stehe
vor Dir im Namen der rächenden Gottheit! — Du mußt
sterben!" — Bebend tastete der erschrockene Barbar an der
Wand umher — fand aber seine Waffe nicht. Wehrlos erstach
ihn Gudrun, jedoch nicht ohne ihm zuvor ein ehrenvolles Leichen=
begängniß, worum er sie gebeten, zugesichert zu haben.

Wie ein Geist wankte sie dann durch die schaurigen Hallen,
wo die Hunnen ihren Rausch verschliefen und schleuderte eine
brennende Fackel in den Palast. Knisternd ergriff die lodernde
Flamme das Gebälk, das krachend zusammenstürzte und unter
seinen Trümmern die Mörder der Niflungen begrub. Gudrun
aber war zum Meere gewandelt und sah unter schwarzen Dampf=
wolken die Lohe zum Himmel schlagen. Hier sei es mir ver=
gönnt, den Schluß dieser Sage aus Dr. Wägner's: „Unsere
Vorzeit" zu citiren: „Freya's Stern stieg im Osten herauf
und sein Spiegelbild blickte bewegt aus der Tiefe. „Sigurd",
sagte sie, „sendest Du mir den Strahl als Boten, daß ich zu
Dir komme? Ich weiß nicht, ob es geschehen kann, da meine
Seele zu schwer belastet ist. Aber ich will ja nur ausruhen
von dem langen Gange. Ran, raffende Göttin, gib mir einen
kleinen Raum, wo ich Ruhe finde!" — Sie sprang in's Meer;
die Wellen zogen ihre Kreise um die Stelle weiter und weiter,
ebneten sich wieder und schwanden*). —

Hiermit schließt eigentlich die ergreifende Nibelungen=
Tragödie. Die Sage aber, die immer wieder gern den ab=
gerissenen Faden anknüpft, spinnt das Schicksal der unglücklichen
Königin noch weiter, läßt sie nicht im Meere versinken, sondern
trägt sie an eine entfernte Küste, wo sie sich mit König Jonakur

---

*) Auch separat verlegt in den „Nibelungen" von Dr. W. Wägner,
und besonders für Schulzwecke in „Nordisch=germanische Götter= und Helden=
sage" von Dr. J. Rover, unter Mitwirkung von Dr. W. Wägner bei
Otto Spamer.

auf's Neue vermählt und Mutter dreier Kinder wird. Ueber das Schicksal dieser und ihrer Tochter Svanhilt, um welche der mächtige Gothenkönig Jörmunrek oder Ermanarich werben, sie aber auf einen falschen Verdacht hin tödten ließ — weiß die Sage noch Mancherlei zu erzählen, doch würde uns dies zu weit führen. — — Zum Schlusse erübrigt mir nun noch, die historischen Momente unserer Sage zu prüfen und so der Frage über den Ursprung derselben näher zu kommen.

Daß das große Weltdrama der Völkerwanderung im vierten und fünften Jahrhundert gestaltend und umbildend auf den Nibelungenmythus eingewirkt habe, ist leicht begreiflich und allgemein anerkannt. So begegnen wir in dem vorhin erwähnten Jörmunrek der greisen Heldengestalt des Ostgothenkönigs Hermanarich, der sich aus Verzweiflung über das Herannahen der hunnischen Horden selbst den Tod gab. In Atli oder Etzel hat man die berüchtigte Gottes Geißel, den Hunnenkönig Attila wiedererkennen wollen, welcher das Reich der Burgunder und ihr Königshaus in Worms zertrümmerte, aber selbst auf den katalaunischen Gefilden bei Chalons sur Marne erlag (451). Der sagenhafte Thidrek von Bern soll der weise Ostgothenkönig Theodorich von Verona sein. Verona sei gleichbedeutend mit Bern. Naßmann, ein bedeutender Sagenforscher, will jedoch nachweisen, daß mit Bern hier Bonn gemeint sei, das in mittelalterlichen Urkunden und Münzen diesen Namen geführt. Somit verlegt er den Schauplatz von Italien wieder nach Deutschland*).

Für die beliebteste Heldengestalt der deutschen Sage jedoch, für Sigurd oder Siegfried hat sich bis jetzt noch kein sicherer historischer Anhaltspunkt finden lassen. Manche Mythologen halten diese Lieblingsfigur für uralt, indem sie die Stelle aus des Römers Tacitus Germania (c. 3) auf ihn beziehen, wonach die alten Germanen beim Ziehen in die Schlacht den Tapfersten aller Männer in ihren Gesängen ver-

---

*) Darnach wäre aber Thidrek v. Bern (Bonn) nicht der große Ostgothenkönig Theodorich, sondern ein Sohn Clodwig's, Namens Theodorich.

herrlichten. Tacitus nennt ihn mit römischem Namen Herkules, führt aber unter demselben Namen (c. 9) später einen Gott an, der auf den germanischen Donnergott Donar paßt. Andere erkennen in Sigurd unsern ersten Nationalheros Arminus, der den römischen Adler niedertritt, wie jener den Drachen Jafnir, worunter man den Varus zu verstehen habe. Diese Hypothese wird durch einige Namensähnlichkeiten unterstützt, wie die Vorsilben in Segimer, dem Vater des Arminus, und Segestes, seinem Schwiegervater, an Siegmund, Sigurd's Vater und an seinen eigenen Namen anzuklingen scheinen. Darnach bildeten denn die Lieder, welche nach Tacitus (Ann. II. 88) noch zu seinen Lebzeiten zum Preise des Arminus in allen deutschen Gauen gesungen wurden, die Grundlage zu unserer ältesten Heldenpoesie. Wie lange sich aber dieselben im Volksbewußtsein lebendig erhielten, ist schwer zu sagen. Ob sie sich in jener Sammlung von Heldenliedern, welche Karl der Große veranstalten ließ, in ihrer ursprünglichen Gestalt befanden, ist ebenfalls schwer zu erweisen. Nach einer Notiz des dänischen Geschichtsschreibers Saxo Grammaticus (um's Jahr 1200) scheinen die Heldenlieder zur Zeit Karl's des Großen, besonders die Großthaten ihrer Vorgänger, wie der Pippinen und Karolinger gefeiert zu haben. Leider ist uns die unschätzbare Sammlung verloren gegangen. Auffallend bleibt es immerhin, daß, wenn wirklich Arminus jener strahlende Held Sigurd war, vor Allem sein Name selbst, wie auch seine Thaten, besonders die Varusschlacht, sich in der germanischen Mythe bis zur Unkenntlichkeit entstellt haben sollten.

Nicht ohne Wahrscheinlichkeit hat man in dem Schicksal des ripuarischen Königs Siegbert (Siegfried), der nach der Erzählung des Geschichtsschreibers Gregor von Tours im Buchonischen Walde bei Köln, während er in seinem Zelte schlief, meuchlings ermordet wurde (508) Aehnlichkeit mit Sigurd's Ermordung gefunden. Man hat ferner in dem späteren Zuge der Siegfriedssage, daß der Held sich im Drachenblute gebadet und eine Hornhaut erhalten habe, eine Beziehung zu

der Ueberlieferung erblickt, daß die Könige aus dem Hause der
Merovinger eine Eberhaut gehabt hätten. Dies wird ebenso
in der Thidreksage von Sigurd erzählt. Auch ein zweiter
Siegbert, König von Austrasien, der Gemahl einer gewissen
Brunichilde, wurde meuchlings ermordet und seine Schätze heimlich
weggeschafft. Die durch Blutrache herbeigeführten Greuelthaten
dieser Brunichilde gegen ihre feindliche Schwägerin Fredegunde
in Neustrien erinnern allerdings an die blutige Feindschaft
Brynhilden's und Gudrun's (oder Krimhilden's in unserm Nibe=
lungenlied).

Der zweite Theil der Niflungensage endlich erinnert an
das tragische Ende des grausamen Hunnenkönigs Attila
(Atli im Norden, Etzel im Nibelungenliede). Dieser zwang
nach Zertrümmerung des Burgunderreichs unter Gundikar
(Gunnar oder Gunther) die schöne Königstochter Ildiko (Hild=
gunde oder Hilde, das für eine Abkürzung von Krimhilde gelten
kann) zur verhaßten Ehe. Er fand aber in der Brautnacht
einen räthselhaften Tod, entweder, wie der Geschichtsschreiber
meldet, in Folge eines Blutsturzes, oder durch eine Rachethat
seiner burgundischen Braut.

Bei all' diesen historischen Anklängen jedoch, dürfen wir
nicht versuchen wollen, eine chronologisch geordnete Reihenfolge
historischer Ereignisse nachzuweisen. Dazu verfährt eben die
Sage viel zu willkürlich, schiebt oft unvermittelt weitauseinander=
liegende Thatsachen zusammen und durcheinander, indem sie sich
dabei wenig um historische Treue kümmert. Daß aber die
nordisch=germanischen Mythen zum Theil auf deutschem Boden
entsprossen sind, beweisen nicht nur die ächtdeutschen Namen
darin, sowie Anklänge an bekannte deutsche historische Persön=
lichkeiten, sondern dies wird auch durch Zeugnisse von Sammlern
dieser Sagen selbst unterstützt. So lesen wir in dem Vorwort
der Thidreksage, die doch dem Inhalt nach wesentlich mit
den Eddaliedern übereinstimmt, ausdrücklich, daß die Sammler
dieselben aus dem Munde deutscher Männer von Bremen,
Soest und Münster gehört hätten. Auch finden wir in den

Sagen selbst geographische Anhaltspunkte für das alte Sachsenland, das heutige Westfalen und den Rhein. So hat man Susat, die Residenz Atli's, in dem westfälischen Soest, das früher den Namen Susatia und Susosaz (962) geführt, wiederentdecken wollen. Ja, man zeigte dort sogar den Schlangen-thurm Gunnar's und ein s. g. Högni's Thor. Andere freilich verlegen Atli's oder Etzel's Hofburg nach Buda oder Ofen in Ungarn, das seinen Namen von Attila's Bruder Bleda oder Buda haben soll und finden auch in den nordischen Mythen Ungarn und die Donau erwähnt. In unserem Nibelungenlied ist dieser Schauplatz der Hunnen unverkennbar. Der nordische Atli scheint aber gar nicht der Hunnenkönig zu sein, vielmehr versteht man unter seinem Reich Hunaland einen Theil des südöstlichen Deutschland. Deutsch klingt ferner der Name Gothland, Land der Gothen, Hialprek gleich Chilperich u. a. Ferner begegnen wir deutlichen Hin-weisen auf den Fluß Rhein; in anderen Sagen wird auch die Weser und die Mosel genannt. Bei der Uebertragung in den hohen Norden konnte es wegen der Unkenntniß des deutschen Terrains und der Lokalisirung in der neuen Heimath nicht fehlen, daß geographische Widersprüche vorkamen. So läßt der Sammler der Thidreksage Donau und Main zusammenfließen, und Gudrun stürzt sich bei Soest oder Buda in's Meer. Indessen sagt W. Grimm mit Recht: „Die Sage kann, wenn sie verpflanzt wird, Namen und Gegenden völlig verändern und vertauschen, erkennt sie aber in der Fremde die Heimath noch an, so liegt darin ein großer Beweis ihrer Abkunft". — Dies haben selbst dänische Gelehrte, wie Jessen und Finn Magnussen zugegeben. Andere freilich bemühen sich dagegen, jenen Unter-suchungen allen Boden unter den Füßen wegzuziehen. So vor Allem P. Erasmus Müller in seiner Sagabibliothek. Er fußt besonders auf die chronologischen Widersprüche, auf die historischen Entstellungen und Unrichtigkeiten und verflüchtigt sogar den Namen Rhein zu einem bloßen Gattungsnamen, der nichts weiter bedeute als „Fluß" im Allgemeinen, das alt-

deutsche rinn, angelsächsisch ryne, romanisch rhen. Die Sage
habe sich später nur an den Rhein lokalisirt, der Schauplatz sei
ursprünglich ein anderer gewesen. Dabei kommt er denn auf eine
höchst seltsame Hypothese. Er führt nämlich an, daß der alte
Name für die Wolga früher Atle gewesen sei. Darnach entpuppt
sich der vermeintliche Hunnenkönig Atli oder Atila als ein vager
Flußgott oder Fürst an der Wolga. „Ein Götterjüngling
Sigurd raubt den unterirdischen Flußmächten ihre Schätze,
verbindet sich zuerst mit einer Personification des Krieges, nämlich
Brynhilden, verläßt sie aber für ein Wohlleben in den Armen
Gudrun's resp. Krimhilden's und fällt schließlich der Rache der
finstern Mächte anheim". Dies ist ungefähr in Kurzem nach
P. E. Müller der Kern unserer Niflungensage.

Somit nähern wir uns nach Entkleidung alles Historischen,
Geographischen und Lokalen immer mehr dem Grundstoff unserer
Sage, der vermuthlich als Gemeingut des gesammten indo-
germanischen Sprachstammes in der Wiege der Menschheit, in
Hochasien, ausgebildet ward. Wenigstens läßt sich hie und da
eine auffallende Aehnlichkeit mit orientalischen Mythen nicht
läugnen. So hat namentlich die Jugendgeschichte Siegfried's mit
der des indischen Karna und persischen Rustem überraschende
Verwandtschaft. Die Erbeutung des Goldhorts, der von einem
Drachen bewahrt wird, erinnert an den Erwerb des goldenen
Vließes in der Argonautensage durch Jason; Gudrun
gleicht in ihrer Rache ganz der griechischen Medea. Noch über-
raschender aber ist die Aehnlichkeit der Schicksale Sigurd's mit
denen des griechischen Perseus. Beide sind, in Gefäßen ein-
geschlossen, als Knäblein im Meere ausgesetzt. Beide überwinden
ein Ungeheuer und erlösen eine Prinzessin. Ja, man hat sogar
in den Namen Uebereinstimmung erblickt, doch sind dies wohl
nur etymologische Spielereien. Was hat z. B. Atli mit dem
Atlas in der Perseussage zu schaffen? Einflüsse des Orients
zeigen sich aber auch hie und da in den Sitten und Gebräuchen.
So ist die Selbstverbrennung Brynhilden's auf dem Scheiterhaufen ihres Geliebten sammt der Mitaufopferung treuer

Diener u. s. w. ein entschieden orientalischer Zug. Auch Gunnar's Harfenspiel im Schlangenthurm erinnert an die indischen Schlangenbändiger. Ferner gleicht die Nornagestsage, in der auch unseres Nibelungenmythus Erwähnung geschieht, auffallend der griechischen Sage von Meleager. Das Leben beider Sagenhelden hängt darin vom Verlöschen eines Feuerbrandes ab*).

Doch genug davon! Was folgt nun aus allem Dem? — Zugegeben auch, daß Manches Zufälligkeiten seien, oder daß die menschliche Phantasie unter gleichen Eindrücken von Außen zur Ausbildung derselben Mythen kommen müsse — so liegt es doch sehr nahe, anzunehmen, daß das indogermanische Urvolk auf der Stufe der Kindheit gemeinsame mythologische Bilder gestaltete, welche die einzelnen Stämme nach ihrer Trennung eigenartig weiterentwickelten. So geht denn auch die Ansicht der meisten bewährten Mythologen dahin, daß unseren Sagen ein naturfymbolischer Kern zu Grunde liege, daß Vorgänge in der Natur, wie Kampf des Lichtes mit der Finsterniß, der Frühlingssonne mit den feindlichen Wintermächten und Aehnliches den Grundstoff unserer Sagen gebildet haben. In dem strahlenden Helden Sigurd mit den leuchtenden Augen ist der Frühlingssonnengott nicht zu verkennen, der mit den feindseligen Mächten der Finsterniß und des Todes ringt, den s. g. Nibelungen. So repräsentirt denn diese Sage, um mich eines modern-politischen Ausdrucks zu bedienen, den Kampf „der Lichtfreunde mit den Dunkelmännern". Bei dieser allegorischen Deutung liegt nur die Gefahr allzunahe, sich in allgemeine Phatastereien zu verlieren. Was soll man sich darunter denken, wenn Jemand sagt: „Der jugendliche Lichtgott Sigurd dringt durch die Waberlohe der Morgenröthe zu Brynhilden, wendet sich aber treulos von ihr ab zu der schwächeren

---

*) Neuerdings haben auch die Herren Bugge und Bang den Einfluß antikklassischer, wie biblisch-christlicher Sagen auf die germanische Mythologie nachgewiesen (conf. Ausland 1880, Nr. 3 und Augsburger Allgemeine, Beil. Nr. 358 von 1879).

Abendröthe Krimhilden?“ Andere denken sich unter dem Drachen,
der den Goldhort bewacht, den Dämon der Nacht, der die
Sterne behütet, oder die finstere Macht des Winters. Andere
fabeln von Mondgöttinnen als Bräuten des Sonnengottes.
Nehmen wir immerhin an, daß Sigurd ursprünglich der Frühlings=
sonnengott war, der seine in den Banden des Todes d. h. Winters
ruhende Erdenbraut erlöst, sie aber verläßt, um sich einer zweiten
heißeren Liebe, der Sommerbraut, zuzuwenden, schließlich aber
den feindlichen Mächten der Natur erliegt. Diese mehr vagen
Vorstellungen gewannen aber greifbare Gestalt, sie entwickelten
sich zu wirklichen Kämpfen und Abenteuern göttlicher Wesen mit
dämonischen oder Ungeheuern. So bildete sich in den nordischen
Göttermythen jenes erschütternde Drama von der Götter=
dämmerung aus. Der reine und strahlende Lichtgott Balder
fällt hier durch seinen blinden Bruder Höber, den Gott der
Finsterniß, auf Anstiften Loki's, des Dämons alles Bösen. In
der Heldensage erscheint dann Balder wiedergeboren als Sigurd,
die Stelle des blinden Höber nimmt der einäugige Hagen ein,
der auch den unterirdischen Mächten entstammt. Unwillkürlich
fällt uns hier auch die Aehnlichkeit mit der biblischen Erzählung
des ersten Brudermordes ein. Abel, der Reine und Gute,
stirbt durch die Hand des bösen Kain. Und wie dieser That
eine allgemeine Verschlechterung und schließlich die Sintfluth
folgt, so im Norden der Untergang der Götter und Welten in
der Katastrophe der Götterdämmerung, aber hier durch Feuer*).

Noch auf ein Moment will ich besonders aufmerksam
machen, das in den nordischen Mythen von wahrhaft dämonischer
Wirkung ist, in unserm Nibelungenliede aber ziemlich verblaßt
erscheint: es ist dies der unselige Fluch, der am Besitz des
Goldes haftet. Dieser Fluch ruht nicht eher, als bis der Hort
zu den unterirdischen Wassergeistern zurückkehrt, denen er entrissen
war. Dies Moment hat R. Wagner in seinem „Ring des
Nibelungen“ sehr glücklich zu benutzen verstanden.

---

*) Balder's Tod hat auch Aehnlichkeit mit Christi Tod, conf. Bugge
und Bang i. b. o. c. Auff.

Das mögen die Grundzüge unserer Sage gewesen sein. Aus den Göttern wurden Helden, die in ihren Eigenschaften noch deutlich den Uebergang erkennen lassen, so Sigurd in seinem leuchtenden Blick, Brynhilde, in ihrer erhabenen Walkyrennatur und Dietrich von Bern in seinem Feuer= athem, der ihn als eine Wiedergeburt des Donnergottes Donar kennzeichnet. So ließen sich noch manche Züge zusammenstellen. An diese Naturmythen lehnten sich dann, wie bereits angedeutet, im Laufe der Zeiten weltgeschichtliche Ereignisse und bedeutende historische Persönlichkeiten an. Die Götterdämmerung ward wiedergespiegelt in dem Weltdrama der Völkerwanderung. Auf nordisches Terrain übertragen, mußten freilich diese nur für den Süden welterschütternden Ereignisse verblassen. Dort wurden sie nicht nur klimatisch gefärbt, sondern auch mit skandi= navischen Elementen versetzt.

Ueber die Zeit der Einwanderung unserer Sagen in den hohen Norden ist man nicht recht einig, es fehlt hierbei auch an jedem sicheren historischen Anhaltspunkt. Vermuthlich fand sie schon in dem 6. Jahrhundert statt. Manche setzen sie in's 8. Jahrhundert und nehmen an, daß fliehende Sachsen zur Zeit Karl's des Großen ihre Sagenschätze nach Scandinavien gebracht hätten*). Von da übertrugen sie auswandernde Nor= mannen, die mit dem Druck des norwegischen Königs Harald des Schönhaarigen unzufrieden waren, im 9. Jahrhundert nach Island und den Faröerinseln. Um's Jahr 1000 wurde dort das Kreuz gepredigt, doch wurden jene heidnischen Sagen erhalten, weil die ersten christlichen Apostel selbst Eingeborene waren und die Traditionen ihrer Väter pietätsvoll schützten. Christlich=tendenziöse Zusätze mögen sie dabei allerdings erhalten haben. Diesem glücklichen Stern verdanken wir die Erhaltung der nordisch=germanischen Sagenschätze, die wir wohl nach dem

---

*) Nach Bugge und Bang nahmen die nordischen Wikinge bei ihren Fahrten nach dem Westen in Irland und den Nachbarinseln Sagenstoffe auf, denen lateinische Fabelsammlungen und biblische Legenden zu Grunde lagen.

bisher Erörterten als unser gemeinsames Eigenthum mit in
Anspruch zu nehmen berechtigt sind. —

Außer den Liedern der Edda lebt unsere Sage noch fort
in dänischen Volksliedern, in den Sigurdliedern auf
den Faroerinseln, wo sie noch heute zum Tanze gesungen
werden und in vielen sprichwörtlichen Redensarten. So
sagt man dort: „Du bist falsch wie Regin!" oder, mit An=
spielung auf Gudrun: „Liebe nicht den Mann einer Anderen!"
In den Volksliedern sind aber die Charaktere oft in's
Groteske verzerrt. Da trinkt die Heldenbraut mit mehr als
germanischem Durst ganze Tonnen Bieres und verzehrt ganze
Ochsen dazu. Sigurd reißt hohe Eichbäume aus, steckt sie an
seinen Gürtel und tanzt damit. Das sind Auswüchse aus den
alten Götter= und Riesensagen. Daß die Sigurdsmythen
auch in den Volksbüchern vom hörnernen Siegfried, sowie
in vielen Märchen fortleben, ist bereits erwähnt. Ja, selbst in
Volksschauspielen wirkt die Erinnerung noch nach. In
Furth in der Oberpfalz soll man heute noch am Sonntag nach
Frohnleichnam einen dramatischen Drachenkampf aufführen, in
dem Siegfried Krimhilden von einem solchen Ungeheuer erlöst, wie
es uns die Volkssagen erzählen. Der Schauplatz soll bekannt=
lich der Drachenfels im Siebengebirge gewesen sein. —

Aber auch in der modernen Literatur hat diese
interessante Sage geistreiche und verständnißvolle Bearbeiter ge=
funden, vor Allem Hebbel, Jordan, Geibel und Richard
Wagner. Namentlich sind es des Letzteren wahrhaft großartig
musikalische Dramen, die das Interesse für die uns leider lange ent=
fremdeten Sagenstoffe unserer Vorfahren wieder wach gerufen haben.
Mag man auch über den Zukunftsmusiker als solchen urtheilen wie
man will, mag man auch seine Leistungen als Dramatiker kritisch
und ästhetisch bemängeln, — das eine große unsterbliche Verdienst
bleibt ihm doch, ein Regenerator altgermanischer, ächt=
nationaler Stoffe für unser deutsches Volk geworden zu sein.
Klopstock's blasse Nebelgestalten haben es wenigstens nicht
vermocht, uns Sympathie für unsere Mythologie einzuflößen.

3

Daß eine so berühmte und weitverbreitete Sage auch Sujets für die bildende Kunst geliefert habe, ist selbstver=ständlich. So erfahren wir aus alter Zeit von derartigen Ab=bildungen in Worms; wo das Königshaus der Burgunder seinen Sitz hatte. Aus der Neuzeit beweist der berühmte Fries Professor Engelhard's: „Nordisches Heldenleben", welch' reiche Fundgrube unsere Mythologie für geniale Künstler zu bieten vermag, wie dies unsere Altmeister Cornelius und Schwanthaler auch rühmend anerkannt haben.

Von wie großer, ästhetischer und ethischer Bedeutung endlich unsere germanische Mythologie für unsere Jugenderziehung ist, bedarf wohl keines weiteren Beweises. Aber wie lange waren diese Schätze unserer Jugend vorenthalten. Fast jeder Schüler kannte die Mythen der Inder, Perser und Aegypter und vor Allem die der Griechen besser, als seine eigenen vaterländischen. Ich bin weit entfernt, den hohen poetischen und ethischen Werth der klassischen Sagen zu unterschätzen, aber sollen wir darum die nationalen verachten? — Gott sei Dank! beginnt man jetzt, diesem wichtigen Bildungsmittel ein erhöhtes Interesse zu widmen.

Darum wollen auch wir Nachkommen der alten Chatten und Cherusker, welche an dem großen Freiheitskampfe gegen die römischen Unterdrücker Theil nahmen und später in den großen Bund der Sachsen aufgingen, die unsere Sagenschätze hegten, — wir ächte Söhne des Arminius, dessen Ruhm unsere Vorfahren in Heldenliedern durch alle deutschen Gauen feierten, — wir wollen die von den Vätern überkommenen Traditionen hochhalten und unsern Kindern als heilige Erbschaft überliefern, auf daß sich die alte Prophezeiung in unserer Niflungensage über Sigurd's Unsterblichkeit erfülle:

„So lang' die Welt steht, wird erhaben,
Schlachtengebieter, dauern Dein Name;
So edlen Mann wird die Erde nicht mehr, —
Noch die Sonne schauen, Sigurd, als Dich!"

———•◦✥◦•———

Druck von J. Gottsleben in Mainz.